OMA ADELE

D1725071

Geschichten aus der Kinderstube für Kinder und Erwachsene

von

Rüdiger Hock

Rüdiger Hock: Oma Adele

Kindergeschichten

Titelbildgestaltung: Gerda Kötting

Layoutgestaltung: Johannes Hock

Herstellung und Verlag: Books on
Demand GmbH, Norderstedt

Printed in Germany

© 2004 Rüdiger Hock

3 – 00 – 014580 – X

VORWORT

Als meine beiden Kinder klein waren, habe ich mich manchmal bemüht, Erinnerungen aus meiner Kindheit, besonders die Erlebnisse mit meiner Oma Adele, in Form von kleinen Anekdoten niederzuschreiben, die dann später meinen Schülerinnen im Deutschunterricht so gut gefielen, dass ich sie, ermuntert durch meine Tochter Dorothee und unter Mitarbeit meines Sohnes Johannes, als „Geschichten mit Oma Adele" zusammengefasst habe.

Wahres, Nostalgisches, Lustiges und Besinnliches sind zu einem bunten Strauß von Texten zusammengefasst, die nicht immer ganz ernst zu nehmen sind.

Sollte sich die eine oder andere Person in diesen Geschichten wieder entdecken, so möge sie mir die Namensnennung oder Namensähnlichkeit wohlwollend verzeihen.

Der Autor

Oma Adele

Meine Oma Adele war eine ganz besondere Frau. Denn wer, außer mir, hatte schon eine Oma, die evangelisch war, schnupfte und von der Insel Helgoland kam. Eigentlich kam sie ja aus Polen, genauer gesagt aus Lodz, aber da sie von deutschen Auswanderern abstammte, kehrte sie nach dem Tode ihres ersten Mannes mit ihren beiden Töchtern Hannah und Wanda nach Deutschland zurück und arbeitete auf Helgoland, wo sie ihren zweiten Ehemann, meinen Opa Jakob kennen lernte.

Oma Adele saß bei uns zu Hause oft in ihrem Korbsessel vor dem riesigen Kolosseusofen in der Küche.

Meist trug sie eine am Hals hochgeknöpfte dunkle Bluse, einen dunklen Rock und darüber eine blaue Kittelschürze mit zwei großen Taschen. Darin befand sich auf der einen Seite eine abgewetzte runde Dose, die Omas „Nasenfutter" enthielt, Schnupftabak der Marke „Schmalzler Franzl", die andere Tasche war mit einem schier nie endenden Vorrat von Papiertaschen-tüchern gefüllt, die nach der Benutzung im großen Schürloch des Holzofens verschwanden.

In Oma Adeles runden, runzligen, aber immer freundlichen Gesicht saß eine dicke Knubbelnase, die langen grauen Haare waren kunstvoll zu einem Dutt geformt, der von unzähligen Haarnadeln zusammengehalten wurde.

An Winterabenden, wenn die Glut aus dem offenen Schürloch des Ofens die einzige Lichtquelle in der Küche bildete, saß ich häufig auf einem kleinen Holzschemel vor Omas Sessel, den Kopf in ihren Schoß gebettet, und lauschte mit heißen Backen den abenteuerlichen Geschichten aus Oma Adeles Heimat, wo im Winter noch mit richtigen Pferdeschlitten gefahren wurde, die manchmal sogar von Wölfen verfolgt wurden.

Oma Adele war neben meiner Mama diejenige, die mich weckte, mit mir aß, mit mir spielte und mich auch ins Bett brachte, denn meine Mutter war eine der wichtigsten Frauen im Dorf, sie war die „Tante Klapperstorch", die Hebamme in

Haibach. Kleine Erdenbürger fragen nicht nach Uhrzeiten, wenn sie erscheinen, und so musste meine Mama häufig auch nachts auf ihrem „Sachs", einem Motorrad, bis nach Grünmorsbach, Gailbach oder Dörrmorsbach fahren, oft einen jungen Vater auf dem Beifahrersitz, der sich an den Hebammenkoffer klammerte.

So kam es, dass Oma Adele und ich unzertrennlich waren und meist als Duo im Dorf auftauchten.

Weihnachten

Weihnachten ist ein Fest, an das man sich gerne erinnert, auch über Jahre hinweg. Ein Weihnachtsfest blieb mir jedoch in besonderer Erinnerung. Es war Anfang der 50er Jahre und ich hatte gerade meinen fünften Geburtstag hinter mir.

Wie jedes Jahr an Heiligabend wurden meine ältere Schwester Rosita, die schon in die Schule ging, und ich am Nachmittag zum Schlittenfahren geschickt, wenn es das Wetter zuließ. An diesem Nachmittag brachte nämlich das Christkind den Weihnachtsbaum und die Geschenke, und deswegen mussten wir Kinder aus dem Haus.

Oma Adele hatte mich auf einen Stuhl gestellt, um mir einen dicken Schal umzubinden und die Mütze über die Ohren zu ziehen, was mir immer weniger gefiel, denn ich war doch schon ein großer Junge. Es half jedoch nichts, gegen Oma Adele war man machtlos. Mit einem Klaps auf den Popo schob sie mich aus der Küche und übergab mich meiner Schwester, die schon im Hof wartete. Es hatte den ganzen Tag vorher geschneit und überall lag dicker Pulverschnee. Als wir die Tür zur Holzhalle aufmachten, flogen ein paar Vögel aus dem Apfelbaum, der davor stand, sodass es von den Ästen ganz fein stäubte wie Puderzucker. Oma Adele hängte immer Speck und Fettbrocken in die Bäume, damit die Vögel nicht hungern mussten. Als wir Kinder den

Schlitten über den Hof zogen, hinterließ er auf dem Schnee zwei rotbraune Spuren, da er einige Tage nicht benutzt worden war und die Kufen Rost angesetzt hatten.

Es war ein kalter, diesiger Tag und der Himmel war von grauen Wolken bedeckt. Oma Adele hätte gesagt: „Es riecht nach Schnee!" Ich marschierte mit meiner Schwester am Hof des Nachbarn Valentin vorbei, der gerade in schweren Filzstiefeln über den Hof stapfte und die Stalltür öffnete. Dichter Dunst quoll hervor und man konnte die Kühe kaum sehen, die die Köpfe drehten und mit den Schwänzen hin- und her schlugen.

Nachdem Rosita und ich auf der Rodelbahn angekommen waren, klemmte sie mich vorn auf dem Schlitten zwischen die Beine und ab ging die

Fahrt. Bergauf stolperte ich anfangs noch hinter meiner Schwester her, aber nach einiger Zeit konnte und wollte ich nicht mehr laufen und ließ mich auf dem Schlitten ziehen. Rosita musste sich ganz schön plagen, denn sie war ja auch erst elf Jahre alt. An diesem Nachmittag waren wir die einzigen Kinder auf der Schlittenbahn. Rosita wurde bald müde, und auch mir war recht kalt, denn ich bewegte mich ja kaum noch. Langsam wurde es dämmrig und es fing ganz sacht an zu schneien.

„Wenn wir jetzt heimkommen, baden wir, essen zu Abend und dann kommt das Christkind", sagte Rosita. „Fliegt denn das Christkind auch bei diesem Wetter zu uns?", fragte ich ungläubig. Rosita lachte, das konnte sie auch, denn sie wusste damals schon, was es mit dem

Christkind auf sich hatte. Zu Hause angekommen, verstauten wir unseren Schlitten wieder im Schuppen, und dann stürzte ich aufgeregt in die Küche, aber wohin ich auch schaute, da war nichts, das Christkind hatte unser Haus ausgelassen.

Oma Adele schmunzelte, aber als sie die Enttäuschung in meinem Gesicht sah, tröstete sie mich. „Lass uns erst einmal ein schönes heißes Bad nehmen, dann futtern wir etwas, und danach wird das Christkind schon noch kommen." Mit dem Henkeltopf schöpfte sie heißes Wasser aus dem Herdschiff in die große Zinkwanne und krempelte die Ärmel hoch. Ich hatte mich inzwischen ausgezogen und war in das wohlig warme Wasser gestiegen. Nun wurde ich von oben bis unten abgeschrubbt und ließ sogar das lästige Haare waschen über mich ergehen. Oma Adele stellte mich dann wieder auf den Stuhl. „Warum muss ich schon wieder auf diesem blöden Stuhl stehen", protestierte ich und Oma Adele sagte: „Weil ich mich sonst zu weit bücken muss, du großer kleiner Mann, und außerdem kriege ich sonst deine Haare nicht trocken!" Mit ihren kräftigen Händen rubbelte sie mir die Haare, während ich mich über den Herd beugte. Oma Adele hatte die Ringe von der Herdplatte genommen, sodass die Wärme aus der Glut hochstieg und mein Gesicht beleuchtete.

Als ich dann wieder angezogen war, kamen auch Papa und Mama, die noch draußen gearbeitet hatten. Mama stellte das Abendessen auf den Tisch. Es gab wie jedes Jahr an Heiligabend „Falschen Karpfen", ein Gericht, das Oma Adele aus ihrer polnischen Heimat mitgebracht hatte. Ich aß kräftig, obwohl ich Fisch sonst überhaupt nicht mochte, aber in diesem Fischgericht waren süße Rosinen. Nach dem Essen ging Papa aus der Küche und Mama, Oma und Rosita räumten den Tisch ab und begannen zu spülen. Ich kroch in eine Ecke der Sitzbank und vertiefte mich in meine Heftchen. Natürlich konnte ich noch nicht lesen, aber das hätte mir bei diesen Heften auch wenig genützt, denn mein Papa brachte sie aus der amerikanischen Kaserne mit, wo er als Heizer arbeitete, und alles war in Englisch geschrieben. Aber es waren tolle Bilder darin, wie sie außer mir keiner hatte, von Indianern, Pferden und vor allen Dingen von

Cowboys. Plötzlich klopfte es an der Tür, und Papa kam herein mit einem wunderschönen kleinen Christbaum, an dem bunte Kugeln und silbernes Lametta funkelten. „Den hat das Christkind eben vor unserem Haus abgestellt", sagte Papa. Mama kam hinterher und hatte viele kleine Päckchen auf dem Arm. „Die sind auch vom Christkind, fügte sie hinzu", und Rosita und ich schauten uns an und strahlten. Papa stellte den Baum mitten auf den Tisch und Oma Adele nahm mich auf den Schoß. Die Kerzen am Baum wurden angezündet und Rosita las die Geschichte der Heiligen Nacht aus der Bibel vor. Danach sangen wir alle zusammen Weihnachtslieder und nach dem Lied „Stille Nacht" wünschten wir uns gegenseitig frohe Weihnachten. Jetzt kam der ersehnte Augenblick.

Mama drückte mir ein Päckchen in die Hand, das ich sofort aufriss. Es war Papas alte Wolfsfellweste, auf die er liebevoll mit Tintenstift einen Sheriffstern gemalt hatte. Darin eingewickelt war ein zweites Päckchen. Ein rot - gelber Cowboygürtel kam zum Vorschein mit einem richtigen Revolver für Zündblättchen. Papa schnallte mir den Gurt um und steckte den Revolver in die Tasche. Ich sagte eine ganze lange Weile gar nichts, aber Oma Adele sah meinem Gesicht an, was in mir vorging. Sie nahm mich erneut auf den Schoß und sagte: „Was ist, kleiner Cowboy, gefällt dir dein Geschenk überhaupt nicht?" „Doch schon"', druckste ich herum, „aber weißt du Oma, alle Cowboys in meinen Heften haben immer zwei Revolver, einen links und einen rechts.

Ich bin doch gar kein richtiger Cowboy mit nur einem Revolver." Oma lachte: „Schau mal", sagte sie, „weißt du denn nicht, was das bedeutet? Cowboys, die sich fürchten, nachts im Bett, oder, wenn sie abends noch einmal in den Keller gehen müssen, die brauchen zwei Revolver, aber richtig tapfere Cowboys, die keine Angst haben, denen reicht einer."

Ich strahlte über beide Backen Oma Adele an, denn natürlich hatte sie, wie immer, Recht. Ich rutschte von ihrem Schoß und stolzierte in der Küche hin und her, wobei ich fast auf die Nase fiel, weil mir nicht nur die Wolfweste viel zu lang war, sondern auch der Cowboygürtel bis zu den Knien rutschte. Oma Adele lachte und zwinkerte mir zu,

denn sie hatte den Weihnachtsabend
noch einmal gerettet.

Fasching

Wie alle Kinder liebte ich es, mich an Fasching zu verkleiden. Meine Oma Adele und meine Mama gaben sich immer alle Mühe, jedes Jahr an Fasching ein schönes Kostüm für mich zu finden. In diesem Jahr machten sie einen richtig schönen Cowboy aus mir, denn einen Revolvergürtel hatte ich ja zu Weihnachten von meinen Eltern bekommen und auch eine Wolfsfellweste mit einem Sheriffstern.

Oma Adele erwarb im Schreibwarengeschäft, bei Herrn Großmann, noch einen schwarzen Cowboyhut aus

Papier und setzte ihn mir auf, mit einer Schnur unter dem Kinn, aber das reichte natürlich noch nicht. Gefährliche Cowboys hatten nämlich auch einen Bart. Ich wurde auf einen Stuhl gestellt, und dann malte mir mein Papa mit einem Kohlestückchen aus dem Holzkasten unter dem Herd einen dicken schwarzen Schnurrbart auf die Oberlippe. Mama band mir noch eines von Papas großen roten Taschentüchern um den Hals, dessen Enden durch eine Streichholzschachtel gezogen wurden, und fertig war der Cowboy. Auch wenn es mir nicht passte, so musste ich unter der Wolfsweste noch einen dicken Pullover tragen, denn auch für harte Cowboys war es zur Faschingszeit im Februar bitter kalt.

Am Rosenmontag wimmelte der Kindergarten von Cowboys, Indianern, Prinzessinnen und Rotkäppchen. Schwester Wallafrieda, die Kindergartenschwester, holte nach dem Mittagsschlaf alle Kinder zusammen und zeigte ihnen große bunte Bilder mit Faschingskostümen. Da waren feurige Spanier, einäugige Piraten, lachende Clowns, Chinesen mit dünnen Hängebärtchen und viele andere Kostüme zu sehen.

„Und morgen", sagte Schwester Wallafrieda, „kriegen die Kinder einen Preis von mir, die sich am schönsten verkleidet haben." Wir Kinder jubelten und klatschten in die Hände. Den Rest des Tages überlegte ich schon fieberhaft, wie ich mich verkleiden wollte, denn Cowboy war ich ja schon heute gewesen, und davon gab es im Kindergarten mehr als genug. Aber ich hatte ja noch Oma Adele, der würde sicher etwas einfallen. Und so war es auch. Sie kramte am Abend in ihrem riesigen Kleiderschrank herum, der immer nach Mottenkugel roch, und sie wühlte in Papas alten Sachen, die er nicht mehr oder nur selten anzog.

Sie steckte mich in eine alte gestreifte Hose von Papa und krempelte mir die Hosenbeine hoch, die sie mit Sicherheitsnadeln befestigte. Alte Hosenträger, die mit zwei Knoten verkürzt wurden, hielten die Hose hoch, und dann stolzierte ich durch die Küche wie ein Storch im Salat. Eine bunte Bluse von Oma, ein Paar verschieden farbige Socken, eine alte Anzugsweste von Papa und ein rotes Halstuch, Oma

Adele hatte aus mir einen tollen Clown gezaubert. Sogar ihr Hütchen mit dem dünnen Schleier setzte sie mir auf. Oma Adele und ich mussten so lachen, als ich so vor dem Schlafzimmerspiegel auf - und abmarschierte, dass Oma Adele fast die Luft wegblieb.

Aber auch ich hatte eine Idee. Bei uns in Haibach gab es eine kleine Drogerie, die Herrn Nebel gehörte. Er verkaufte Seife, Rasierklingen, Parfüm, Photoapparate und viele andere nützliche Sachen. Aber Herr Nebel war auch Kinderfreund und verbrachte vor Fasching und an den Faschingstagen ganze Nachmittage damit, Kinder zu schminken, denn niemand im Dorf hatte so schöne bunte Schminkstifte wie Herr Nebel.

Ich wartete geduldig bis ich an der Reihe war und Herr Nebel mich auf einen hohen Hocker hob. „Na, was will denn der kleine Mann werden?" fragte Herr Nebel freundlich. „Ein Clown!" sagte ich mit ernster Mine. „So, so, ein richtiger Zirkusclown!", nickte Herr Nebel genauso ernsthaft. „Dann wollen wir mal schauen, ob wir das hinkriegen!" Herr Nebel griff in seine Kiste und begann, mir das Gesicht mit einer

Fettcreme einzuschmieren. Ich hielt ganz still. Er malte mir einen großen roten Mund mit einem gelben Rand, eine weiße Nase mit einem blauen Rand und zwei dicke Doppelstriche über die geschlossenen Augenlider. Zum Schluss drehte Herr Nebel meinen Kopf hin und her und nickte, denn er war sehr zufrieden mit seiner Arbeit und ließ mich in den Spiegel sehen. Ich erschrak fast vor meinem eigenen Spiegelbild, so bunt hatte er mich angemalt.

Das Beste an der ganzen Sache war aber, dass es nichts kostete, nicht einen Pfennig, denn Herr Nebel freute sich, wenn die Kinder sich freuten. Stolz marschierte ich heim, um meine Eltern und vor allem Oma Adele zu überraschen. Alle lachten und freuten sich über mein Aussehen, aber Mama sagte auf einmal: „Du siehst ja toll aus, aber wie willst du denn heute Nacht schlafen? Du schmierst doch dein schönes Clowngesicht ins Kopfkissen!" Daran hatte ich keine Sekunde gedacht. Tränen der Enttäuschung schimmerten in meinen Clownaugen, aber Oma Adele war mein Retter in der Not. Als ich vorsichtig Abendbrot gegessen hatte, um meinen Clownmund nicht zu verwischen, war es Zeit zu Bett zu gehen. So vorsichtig, wie Oma Adele mich auszog, so vorsichtig schob sie mir auch den Schlafanzug über den Kopf.

Und nun kam Omas Trick, denn sie hatte einen alten Perlonstrumpf abgeschnitten, den sie mir nun langsam über mein Clowngesicht zog. Jetzt sah ich nicht mehr wie ein Clown aus, sondern wie ein gefährlicher Bankräuber. Ich bemühte mich, auf dem Rücken zu schlafen, aber am Morgen war mein Gesicht doch etwas verwischt. Oma Adele besserte jedoch die Schäden aus, so gut sie konnte, und dann stapfte ich los in den Kindergarten.

Wer nun geglaubt hätte, im Kindergarten seien feurige Spanier, Piraten, und Chinesen zu sehen gewesen, der wäre enttäuscht worden. Die Zahl der Cowboys und Indianer war nur um einen Cowboy kleiner geworden, und das war der Clown Rüdiger. Zunächst bewunderten alle mein Kostüm, aber als die Kinder trotz der Kälte eine Stunde im Freien spielen durften, war ich doch sehr traurig. Denn natürlich kämpften die Cowboys gegen die Indianer, und wer konnte da schon einen Clown mit einer Papierpatsche gebrauchen. Die Mädchen konnten mit einem Clown bei ihrem Spiel auch nichts anfangen, und Prinzessinnen schon überhaupt nicht. Und so saß ich allein und einsam in einer Ecke des Hofes und schaute sehnsüchtig zu den Cowboys und den Indianern, die sich wilde und laute Kämpfe lieferten. Obwohl ich von Schwester Wallafrieda mit einem wunderschönen Bilderbuch als Preis getröstet wurde, schwor ich mir, nie mehr an Fasching auf Oma Adele zu hören und von nun an immer als Cowboy verkleidet zu gehen.

Ostern

Häufig fallen mir beim Spaziergehen zur Frühjahrszeit Gräser mit braunen Rispen auf, die wir als Kinder Hasenbrot nannten.

Dieses Brot wurde während meiner Kindheit nämlich am Karsamstag gebraucht, wenn das Ostergärtchen gebaut wurde.

Oma Adele marschierte an diesem Tag mit mir in die Holzhalle zu den ersten Vorbereitungen. Ein weiches Stück Feuerholz wurde ausgesucht und Oma schlug mit dem Handbeilchen davon kleine Spreißel ab. Danach trug Oma

Adele das Beilchen in den Garten und ich stapfte mit dem Bündel Spreißel hinterher. An einer geschützten Stelle wurden dann die Spreißel mit der Rückseite des Beils fein säuberlich nebeneinander in das Gras geklopft, sodass ein kleiner Zaun entstand, den wir einmal viereckig, einmal rund gestalteten. Wichtig war nur, dass der Zaun geschlossen war und zwei Kammern hatte, eine für mich und eine für meine große Schwester Rosita, mit einem schmalen Eingang für den Osterhasen. Auch die beiden Kammern waren mit einem Durchgang versehen, sodass der Osterhase beide Kinder ohne Schwierigkeiten beliefern konnte.

Wichtig war es jetzt vor allen Dingen, den Osterhasen in unseren Garten zu locken, wenn überall im Dorf so viele

Ostergärtchen gebaut wurden, dazu diente das Hasenbrot. Auf den Wiesen hinter unserem Haus rupfte ich es bündelweise, um es dann in einer breiten Spur vom Gartentor zum Eingang des Ostergärtchens und hinein in die beiden Kammern zu streuen. Jetzt war alles für den Osterhasen vorbereitet.

Obwohl ich damals noch fest an die Existenz des Osterhasen glaubte, schadete das abendliche Ostereierfärben mit Oma Adele dieser Überzeugung nicht. Möglichst weiße Hühnereier wurden sorgfältig gekocht und dann holte Oma Adele das alte Emailletöpfchen mit dem Henkel hervor.

Heißes Wasser und die entsprechenden Farben wurden von mir verrührt und dann ließ ich die gekochten Eier mit einem Blechlöffel langsam in das Töpfchen gleiten, drehte sie herum und freute mich, dass aus den ganz normalen Hühnereiern Wunderwerke in Dunkelrot, Blau, Violett und Gelb entstanden. Nachdem sie auf Zeitungspapier getrocknet waren, erhielten sie mit einer Speckschwarte den richtigen Glanz und kamen in ein Körbchen.

Oma Adele hatte mich fest davon überzeugt, dass wir dem Osterhasen mit dieser Arbeit eine wichtige Hilfe leisteten, denn er holte ja die Eier nachts ab. Wie sollte auch ein einzelner Hase all die vielen Eier färben für die vielen Kinder, wenn ihm nicht so tüchtige

Leute wie Oma Adele und ich zur Seite stehen würden.

Am Ostermorgen wurden wir Kinder oft von meinem Papa geweckt, der sich einen besonderen Osterspruch ausgedacht hatte.

Er rief dann: „Die Sonne scheint, die Luft ist bewegt, ihr Kinder steht auf, der Has hat gelegt!"

Ich kann mich nicht erinnern, dass am Ostersonntag jemals geregnet hätte.

Die Freude über das Osternest war riesengroß, ich glaube mir wurde nie bewusst, dass ich die gleichen Eier am Tag vorher selbst gefärbt hatte, die ich darin fand, vielleicht wollte ich es auch gar nicht wissen.

Der Nachmittag war dem Ostereiersuchen gewidmet. Mama, Papa, Oma Adele, meine Schwester und ich machten uns auf zu einem Spaziergang über Felder und Wiesen. Erst später wurde mir klar, dass immer Mama oder Papa vor uns herliefen und Oma Adele stets hinterher trottete.

Ständig fand ich hinter einem Grasbüschel, unter einem Strauch, am Wegrand in buntes glänzendes Papier eingewickelte Schokoladeneier, die ich sofort zur Verwahrung meiner Oma übergab, um mich erneut auf die Suche zu machen. Hätte ich damals schon zählen können, wäre mir aufgefallen, dass niemand eine so große Anzahl von Schokoeiern hätte tragen können, wie ich sie an einem Nachmittag aufspürte.

Wenn Papas Taschen, der vorneweg lief und die Eier fallen ließ, leer waren, tauschte er den Platz mit Mama, während er bei Oma Adele seinen Vorrat aus meinem Fund wieder auffüllte. Das Gleiche tat später Mama, sodass ich, ohne es zu bemerken, dieselben Eier oft drei- und viermal am Nachmittag entdeckte und jubelnd zu Oma Adele trug.

Beim späteren Verzehr fiel mir auch nichts auf, war ich doch nach zwei, drei Eiern satt und Oma versprach hoch und heilig den großen Restvorrat für mich aufzuheben.

Sherry

Tiere gehörten, solange ich denken kann, stets zu unserem Haus. Streicheltiere, und Nutztiere, die zu irgendeinem Zweck oder für irgendeine Aufgabe zu gebrauchen waren. So hatten wir ein gutes Dutzend Hühner, die Eier legten, im ehemaligen Schweinestall standen Hasenkäfige von Wand zu Wand, bis hoch an die niedrige Decke, daneben tummelten sich in der alten Waschküche fast fünfzig kleine Hähnchen, die man als Piepmätze für zehn Pfennig das Stück in einer Hühnerfarm in Winzenhohl kaufen konnte, und immer waren auch ein oder zwei Hühner dabei, die man beim Aussortieren übersehen hatte.

Katzen schlichen ganz selbstverständlich auf unserem Hof und um das Haus herum. Sie versorgten sich selbst und hielten dabei die Zahl der kleinen Nager niedrig.

Was bei uns fehlte, war ein Hund. Mein Vater weigerte sich stets ein solches Tier anzuschaffen, da es nach seiner Meinung zu viel Arbeit machte. Und doch kam ich im zarten Alter von zwei Jahren zu einem haarigen Spielgefährten. Mein Onkel Alfons hatte auf der Fahrt von Schweinheim nach Haibach mit seinem Motorrad im Straßengraben hinter dem

Touristenheim etwas zappeln sehen. Er hielt an, stieg ab und fand einen kleinen Schäferhundwelpen, den jemand hier ausgesetzt hatte. Unter der Lederjacke meines Onkels gelangte der kleine Kerl zu uns in die Küche. Meine Mutter war nicht so recht begeistert, aber die zwei Kleinsten im Haus waren auf Anhieb eine Herz und eine Seele, und ich hatte ja auch noch Oma Adele auf meiner Seite. Mein Vater war in der Probestunde seines Gesangvereins, also durfte der Findling zumindest die erste Nacht bei uns bleiben, bis mein Vater entscheiden würde, was mit ihm geschehen sollte. Ich hätte ihn am liebsten gleich mit ins Bett genommen, aber das kam natürlich trotz heftigsten Widerstands meinerseits nicht in Frage. Auf einer alten Wolldecke unter dem

Küchentisch bekam unser Besucher ein Nachtlager.

Wie mir mein Vater später erzählte, kam er, nichts Böses ahnend, von seiner Chorprobe nach Hause, betrat die Küche und wurde, ehe er noch das Licht anschalten konnte, von einem wütend kläffenden kleinen Schäferhund empfangen, der selbst aber aus Sicherheitsgründen unter dem Küchentisch blieb. Mein Vater war von der Wachsamkeit des kleinen Kerls so begeistert, dass er beschloss, ihn zu behalten.

Nun hatte ich also einen Hund, Sherry sollte er heißen. Wie er zu dem Namen kam, weiß ich heute nicht mehr, aber wir beide waren von nun an unzertrennlich. Wenn mich Oma Adele oder meine Mutter abends suchten, lag ich meist bei Sherry in der Hütte, da er ja sehr viel schneller wuchs als ich und nach einiger Zeit draußen im Hof untergebracht war. Zum Entsetzen meiner Mutter aß ich mir Sherry manchmal sogar aus derselben Schüssel.

Mein Vater hatte Sherry als Wachhund abrichten lassen und beichtete mir später, dass er manchmal etwas Angst vor seinem eigenen Hund hatte. Welche Ängste müssen meine Eltern ausgestanden haben, wenn ich, neben meinem Sherry liegend, ihm die Zunge aus dem Maul zog, worauf er jedoch nur mit einem Kopfschütteln oder einem Schubs mit der Schnauze reagierte. Niemand in der Familie, nicht einmal Oma Adele, durfte mir auch nur einen Klaps auf den Hosenboden geben, ohne dass Sherry dies mit einem tiefen Knurren aus seiner breiten Brust quittierte. Ich konnte sogar auf ihm reiten, bis ich zu schwer war und Sherrys Rücken geschädigt hätte.

Sherry war nur selten außerhalb unseres Hofes zu finden, aber eines Tages hatte jemand die Hoftüre aufgelassen und Sherry stöberte durch die Nachbarschaft. Außerhalb unseres Anwesens tat er keiner Fliege etwas zu Leide, nur wenn jemand unseren Hof betrat, biss er ohne Vorwarnung zu. An diesem Tag grub Sherry mit den Vorderpfoten in einem Sandhaufen im Nachbarhof, als der

Nachbar aus der Haustür trat, ihn sah und mit einem lauten Ruf wegscheuchte. Sherry war so erschrocken, dass er auf die Straße rannte, genau zwischen die Hufe von zwei Pferden, die, vor einen Wagen mit Kartoffeln gespannt, gerade die Straße herunterkamen. Das rechte Pferd scheute, wahrscheinlich genau so erschrocken wie Sherry, trat aus und schleuderte Sherry unter dem Wagen hindurch, wo ihm ein eisenbeschlagenes Rad über einen Hinterlauf fuhr.

Weinend lag ich auf meinem vor Schmerzen wimmernden Hund in unserem Hof, wohin ihn mein Vater getragen hatte, und flehte meine Eltern an doch etwas zu tun.

Nur wenige Leute auf dem Land hatten jedoch zu dieser Zeit Geld für einen Tierarzt oder hätten wegen eines Tieres

Geld dafür ausgegeben. Papa brachte den verletzten Hund zu einem Nachbarn, der Jäger war, wo Sherry den Gnadenschuss erhielt, während meine Mama, meine Schwester Rosita und meine Oma Adele mich zu trösten versuchten. Tagelang weinte ich Sofakissen und Kopfkissen nass, kroch in Sherrys Hütte, trug sein Halsband stets um den Hals.

Er erhielt ein Grab unter dem Birnbaum im Garten und Oma Adele zeigte mir genau die Stelle. Täglich ging ich an seine Grabstätte und betete für meinen Sherry das einzige Gebet, das ich als kleiner Dreikäsehoch auswendig konnte: „Oh Gott, von dem wir alles haben, wir preisen dich für deine Gaben!" Und natürlich stand ich immer, wenn es regnete, mit Omas riesigem Regenschirm im Garten und hielt ihn über das Grab, damit mein Sherry nicht nass wurde.

Richard

Gehsteige waren während meiner Kindheit etwas äußerst Seltenes in meinem Heimatort und heute noch befindet sich vor meinem Elternhaus nichts dergleichen, die Straße endet an der Gartenmauer oder am Hofeingang. Nur eine Rinne oder Mulde begrenzt die Straße, um das Regenwasser abfließen zu lassen.

Genau in dieser Mulde vor unserem Haus lag ein Haufen Grubensand, den mein Vater zum Bauen benötigte und der sich wunderbar zum Spielen eignete. Straßen, Häuser, Berge entstanden unter meinen kleinen Fingern, der Sandhaufen war meine eigene Baustelle, mit der ich mich stundenlang beschäftigen konnte, sehr zur Freude meiner Oma Adele, die dann nur ab und zu ein Auge auf mich werfen musste.

Meine Freude an meinem Sandhaufen wurde jedoch täglich von einem älteren Nachbarsjungen, der Richard hieß, getrübt, der sich einen Spaß daraus machte, auf dem Nachhauseweg meine Kunstwerke aus Sand zu zertrampeln und eiligst zu verschwinden. Ich schrie jedes Mal laut nach meiner Oma, aber immer, wenn sich Oma Adele näherte, machte sich Richard schnell aus dem Staub und um ihn einzufangen war meine Oma nicht mehr schnell genug. Manchmal stand sie im Hof, wenn er die Straße heraufkam, aber dann ging er stets grinsend und vor sich hin pfeifend vorbei, ohne überhaupt in meine Richtung zu schauen. Kaum war Oma Adele weit und breit nicht zu sehen, machte er sich wieder mit den Füßen über meine Bauwerke her.

Aber er hatte die Rechnung ohne Oma Adele gemacht. Sie hatte mir aufgetragen laut zu rufen, falls sich Richard wieder an meinem Sandhaufen zu schaffen machen sollte. Und so geschah es.

Richard kam die Straße hoch, warf einen Blick in unseren Hof und schon trampelte er wieder auf den Straßen und Häusern meines Sandhaufens herum. Ich schrie in meiner Wut aus vollem Hals, worüber Richard jedoch nur lachte.

Da kam mit weit ausholenden Sätzen mein Hund Sherry, der normalerweise im Zwinger eingesperrt war, um die Hausecke geschossen, und ehe sich's Richard versah, lag er rücklings auf meinem Sandhaufen, einen erbosten Schäferhund über sich. Bei der kleinsten Bewegung kam ein tiefes Grollen aus Sherrys Brust, sodass Richard regungslos liegen blieb, während sich kleine Schweißperlen auf seiner Stirn bildeten.

Oma Adele ließ sich Zeit. Langsam kam sie aus dem Hof auf die Straße geschlendert, tätschelte Sherrys Seite und lobte ihn, während sie ihn am Halsband fasste. Oma sagte nichts und Richard rappelte sich auf und machte sich, so schnell er konnte, aus dem Staub.

Von diesem Tag an schaute er immer erst mit langem Hals in unseren Hof, um dann wie ein geölter Blitz an unserem Haus vorbeizusausen, ohne mich und meinen Sandhaufen auch nur eines Blickes zu würdigen.

Hazbuff

Bevor mein Vater Ende der sechziger
Jahre unser jetziges Elternhaus baute,
stand neben dem alten Haus, das mein
Opa Jakob errichtet hatte, eine
Holzbaracke, die aus mehreren Zimmer,
auch einem Badezimmer, bestand und
die von einer Familie Göbel bewohnt
wurde, die drei Söhne hatte. Der jüngste
Sohn, Karlheinz mit Vornamen, war
etwa drei Jahre jünger als ich und
gehörte schon aus diesem Grund nicht zu
unserem Freundeskreis, der aus fünf
Nachbarsjungen im gleichen Alter
bestand. Zudem hatte er leichte

Sprachschwierigkeiten, die ihm von meiner Oma den Spitznamen „Hazbuff" eintrugen. Karlheinz aß liebend gern Butterbrot mit Schnittlauch und Salz, und wenn er von Oma Adele gefragt wurde, ob er ein Schnittlauchbrot haben möchte, sagte er stets: „Un mit Haz buff", was soviel bedeutet wie: „Und mit Salz drauf!"

Auf diese Weise hatte er den Spitznamen Hazbuff weg und wurde ihn auch in späteren Jahren nicht mehr los. Hazbuff spielte meist allein oder radelte mit seinem alten Damenfahrrad durch die Gegend und stellte allerlei Unsinn an. Wenn um unser Haus oder im Hof etwas nicht mehr funktionierte oder zu Bruch gegangen war, konnte man eine Wette darauf abschließen, dass Hazbuff die Finger im Spiel gehabt hatte und er bekam von Oma Adele öfter die Ohren gewaltig lang gezogen.

Eines Tages war er wieder mit seinem Rad auf einem der zahlreichen Feldwege rund um Haibach unterwegs, als er durstig wurde. Da weit und breit kein Bach oder irgendeine andere Wasserquelle zu sehen war, aber sich mitten auf dem Feldweg eine riesige Wasserpfütze ausgebreitet hatte, stieg er kurz entschlossen vom Rad, legte sich flach auf den Bauch und begann vorsichtig an der Wasseroberfläche zu schlürfen.

Einer unserer Nachbarn, Josef Spatz, war vom Kartoffelhacken unterwegs nach Hause, als er den kleinen Hazbuff auf dem Bauche liegend aus der Pfütze trinken sah.

„Stehst du sofort auf", ermahnte er ihn streng, „weißt du nicht, dass du davon krank werden kannst? Das ganze Wasser ist doch voller Bakterien!"

Hazbuff schaute mit Dreck verschmiertem Gesicht auf und strahlte Josef an: „Glaab isch nit", sagte er verschmitzt, „sann all doud, isch ben scho e poämol mim Råd doisch di Pitsche gefoän." („Glaub ich nicht, sind alle tot, ich bin schon ein paar Mal mit dem Rad durch die Pfütze gefahren")

Nach dieser Bemerkung bückte er sich wieder um weiter zu trinken und ließ einen verdutzten Josef Spatz stehen.

Bunte Limonade

Limonade gab es für uns Kinder nur an den Rentenabholtagen oder auf Festen, Wasser mit selbst gemachten Säften gemischt war das Alltagsgetränk für uns. Es sei denn, ja, es sei denn, man hatte wie ich eine Verwandte, die im eigenen Betrieb die herrlichsten bunten Limonadensorten abfüllte. Eigentlich war Elfriede gar nicht meine richtige Verwandte, sie war mit dem Cousin meiner Mutter, Arthur Otto, verheiratet, auch „Sälzäwassäotto" (Selterswasser Otto) genannt. Den Namen trug er, weil in einer großen Halle hinter seinem Wohnhaus eine riesige Maschine stand, mit der er Selterswasser und

verschiedene Limonadensorten her-
stellte.

Die kleinen Flaschen waren gefüllt mit
Zitronen-, Himbeer-, Waldmeister- und
Orangengeschmack, natürlich in den
entsprechenden Farben, aber keiner von
uns Buben konnte sich diese Flaschen
leisten, denn Taschengeld war ein
absolutes Fremdwort für uns.

Aber da war ja noch Elfriede. Mit ihr
hatte ich als kleiner Knirps ein Geschäft
abgeschlossen, ehrlich gesagt, hatte sie
mich auf den Tauschhandel gebracht.
Die Ottos hatten keine Hühner, aber bei

uns im Hof und in jedem Hof meiner Freunde waren Hühner zu Hause. Elfriede schlug also vor, ihr frische Hühnereier zu bringen, von denen sie jedes großzügig gegen eine Flasche bunte Limonade tauschen würde. Dieser Vorschlag kostete manches Huhn in unserer Straße das Leben. Nun stellt sich natürlich die Frage, was das Limonadentauschgeschäft mit dem Ableben von Hühnern zu tun hatte? Das ist leicht zu beantworten! Um nicht erwischt zu werden, schlich ich mich in einem geeigneten Moment an den Hühnerstall heran, schlüpfte durch die Tür, nahm ein Ei aus dem erstbesten Nest und ließ es in der Tasche meiner Lederhose verschwinden. Oma Adele wusste genau, welches Huhn in welches Nest legte. So landete gerade zur

Sommerzeit, wenn es heiß war und der Durst bei uns Buben groß war, öfter einmal ein Huhn im sonntäglichen Suppentopf, da es aufgehört hatte zu legen, so glaubte jedenfalls Oma Adele lange Zeit. Aber dann erfuhr sie durch Zufall von unserem Geschäft mit Elfriede.

Mein letzter Raubzug endete äußerst unangenehm. Als Oma Adele mich aus dem Hühnerstall kommen sah, ich wollte mit unschuldiger Miene an ihr vorbeihuschen, hielt sie mich fest und klopfte mir auf die Hosentasche. Der dünne Stoff des Hosensäckels hielt nicht viel aus und so lief mir die Eiersoße aus der Lederhose das Bein hinunter. Von da an gab es keine Tauschgeschäfte mehr und die Überlebenschance für viele Hühner war erheblich angestiegen.

Der Säbeltanz

Eine längliche Narbe an meiner rechten Handkante erinnert mich stets an ein schmerzliches Abenteuer mit Oma Adele.

Direkt neben der Küche in unserem Haus hatte Oma Adele ihr eigenes Zimmer mit einem kleinen Öfchen, dessen langes Ofenrohr eine wohlige Wärme verbreitete. An manchen Winterabenden, wenn wir nicht gerade vor dem Ofen in der Küche saßen, las mir Oma in ihrem Zimmer etwas vor, erzählte Geschichten aus ihrem Leben oder spielte mit mir 66.

So berichtete sie mir eines Tages auch, dass die polnischen Jugendlichen aus ihrem Dorf bei Tanzabenden häufig einen feurigen Säbeltanz aufführten, indem sie auf den Stiefelspitzen zwischen zwei gekreuzten Säbeln zum Takt der Musik tanzten, mit den Händen über dem Kopf dazu klatschend.

Das interessierte mich sehr und Oma Adele sollte mir zeigen, wie das ausgesehen hatte. Sie erhob sich aus ihrem Sessel, legte das Schüreisen des Ofens auf den Boden und ein langes Scheit Holz quer darüber, das waren die beiden Säbel.

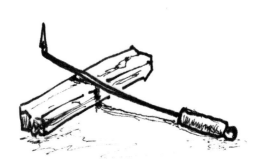

Dann begann sie langsam, wie in

Zeitlupe, die Füße in die Zwischenräume zu setzen und sang dazu ein polnisches Lied.

Ich verfolgte jeden ihrer Schritte genau.

Nun war ich an der Reihe. Oma setzte sich wieder hin und zu ihrem Gesang begann ich mit den Fußspitzen zwischen den ausgelegten „Säbeln" zu tanzen. Als Oma Adele sah, dass ich die Schrittfolge begriffen hatte, sang sie etwas schneller und klatschte dazu den Takt. Die Hände über dem Kopf hüpfte ich wie ein Kosak und meine Schritte wurden immer schneller.

Bis mich das Schicksal in Form des Schüreisens ereilte. Es hatte sich durch die ständigen Erschütterungen gedreht und lag nun mit dem Haken nach oben!

Beim nächsten Kreuzschritt blieb ich mit der Zehenspitze hängen, wollte mich abfangen, um nicht zu fallen, und stütze mich mit der rechten Hand am glühend heißen Ofenrohr ab.

Alle Hausmittelchen wurden ausprobiert, von denen man heute weiß, dass sie absolut falsch waren. Der Handrücken wurde in Mehl getaucht, er wurde mit Öl eingerieben, ja sogar Zwiebelsaft wurde darauf geträufelt, was jedoch die höllischen Schmerzen nicht im Geringsten linderte. Es dauerte einige Zeit, bis ich die Hand wieder schmerzfrei gebrauchen konnte, den polnischen Säbeltanz habe ich bis zum heutigen Tag nie wieder getanzt!

Die Rente

Das Monatsende war für mich und die Kinder in der Nachbarschaft immer etwas ganz Besonderes, denn Oma Adele und die anderen Omas in unserer Straße bekamen ihre Rente.

Heutzutage wird die Rente schlicht und einfach auf ein Konto überwiesen und man holt sich das Geld nach und nach auf der Bank. Oma Adele aber musste noch persönlich mit ihrem Ausweis auf der Post erscheinen und erhielt dann alles Geld auf einmal ausbezahlt.

Vier herausgeputzte ältere Damen aus der Straße, in der wir wohnten, machten sich also stets am letzten Tag des Monats auf den Weg zur Post.

Die Vorbereitungen dazu dauerten aber fast ebenso lange wie das eigentliche Geldabholen. Am Vormittag schon wurde das dunkelblaue Kleid aus dem Schrank geholt, knöchellang und hochgeschlossen, und wurde zum Lüften auf den Balkon gehängt. Es roch streng nach Mottenkugeln und glänzte wie Seide. Nachdem Oma Adele sich die Haare gewaschen, getrocknet und zu einem kunstvollen Dutt aufgesteckt hatte, schlüpfte sie in ein Mieder von enormen Ausmaßen. Schwarze, knielange Strümpfe, das Kleid vom Balkon, schwarze Schuhe mit einem kleinen Absatz und ein keckes Hütchen vervollständigten die Ausstattung. Das Kleid wurde ausgiebig mit Kölnisch

Wasser eingesprengt, wahrscheinlich um den Mottenkugelgeruch zu übertönen, aber es kam stets eine äußerst sonderbare und doch vertraute Duftmischung heraus. Wenn dieser Geruch durchs Haus schwebte, war auch für mich ein Feiertag gekommen.

Wir Kinder durften unsere Omas nämlich bei diesem feierlichen Akt begleiten.

Und so zogen Oma Adele, das „Adelheidchen", die „Schützenkathrin" und die „Sommerin", so wurden diese Damen genannt, zum Postamt, gefolgt von vier ebenso herausgeputzten Enkelkindern.

Natürlich stellt sich die Frage, warum sich acht Personen wegen des einfachen Vorgangs der Rentenabholung so in Schale warfen?

Mit dem Gang zur Post war der Nachmittag noch nicht beendet, denn nun begann erst der Spaß für uns Kinder. Vom Postamt aus zog die Gruppe zum Metzger „Blatt", wo acht mächtige Stücke weiße Fleischwurst eingekauft wurden. Danach, nur wenige hundert Meter entfernt, erwarben die Rentendamen beim Bäcker „Kreß" eine riesige Tüte mit Rosenwecken. Neben der Bäckerei befand sich das Gasthaus „Zum Weißen Roß", das ebenfalls der Familie Kreß gehörte. Hier wurde nun Rast gemacht. Zu dieser Zeit war es noch erlaubt und üblich, dass man sein Vesper mit ins Wirtshaus brachte. Vier Gläser dunkle Limonade für die Omas und vier Gläser gelbe Limonade für die Kinder kamen auf den Tisch und dann wurde gevespert, weiße Fleischwurst mit süßen Rosenwecken.

Das Schöne an dem Tag war aber nicht nur das Essen und Trinken, sondern auch die Tatsache, dass meine Oma Adele und die anderen Omas auf dem Nachhauseweg immer sehr gut gelaunt waren, die kleinen Hütchen etwas windschief auf den Köpfen, kicherten sie ständig und alberten herum.

Heute weiß ich, dass dies an der komischen Limonade lag, die unsere Omas immer tranken, die Wermutwein genannt wird.

Der Nikolaus

In vielen Gegenden Deutschlands kommen am Nikolausabend zwei Personen zu den Kindern in die Häuser, der heilige St. Nikolaus mit rotem Mantel, Bischofsmütze, weißem Bart, Bischofsstab und dem goldenen Buch. Ihm folgt Knecht Rupprecht, auch Krampus genannt, der den Sack mit den Geschenken trägt und die Rute, die Kinder, die während des Jahres ungezogen waren, zu spüren bekommen, bevor der Nikolaus die Geschenke aus dem Sack austeilt. Bei uns zu Hause und bei den meisten meiner Freunde waren Nikolaus und Knecht Rupprecht stets zusammengefasst, weil meist zwei geeignete Personen fehlten. Also schleppte Nikolaus neben all den genannten Utensilien auch noch den Sack mit den Geschenken und hatte die Rute unter dem Arm.

Ich fürchtete mich immer ganz schrecklich, wenn der besagte Abend vor der Tür stand, wurde mir doch schon im Vorfeld des Öfteren, wenn ich unartig war, gedroht mit Worten wie: „Ja warte nur, wenn der Nikolaus kommt!" oder „Das werd ich alles dem Nikolaus erzählen!" So saß ich auch an jenem Abend, ich war gerade vier Jahre alt geworden, in der Küche bei meiner Oma Adele, der ich aus Angst nicht von der Seite wich, und harrte der Dinge, die da kommen sollten.

Ein fürchterliches Gepolter im Treppenhaus vor der Küchentür ließ mir das Herz endgültig in die Hose rutschen. Dann trat er durch die Tür, einen Schwall kalter Luft mit sich bringend. Am liebsten wäre ich in meine Oma hineingekrochen, aber es half nichts. „Ja, wen haben wir denn da?" polterte der Nikolaus mit tiefer Stimme los und Oma Adele schob mich trotz heftigsten Widerstands von der Eckbank in die Mitte des Raumes. Ich traue mich kaum zu der imposanten Erscheinung hoch zu blicken, sonder heftete den Blick starr auf die schwarzen Stiefel unmittelbar vor mir. Ich hörte auch meine Schandtaten, die der Nikolaus aus seinem Buch vorlas, nur mit halbem Ohr, weil mir das Herz bis zum Hals schlug und in den Ohren pochte. Erst als ich die Rute auf meinem Popo spürte, schaute ich auf. Der Nikolaus hob unter dem

74

zustimmenden Nicken meiner Eltern erneut die Rute und ließ sie so kräftig auf meinen kleinen Hintern sausen, dass mir vor Schmerz die Tränen in die Augen stiegen.

Der Nikolaus hatte aber nicht mit Oma Adele gerechnet. Einen Klaps auf den Popo fand sie noch in Ordnung, aber Tränen vor Schmerz, das ging ihr zu weit. Sie erhob sich von ihrem Platz, griff nach dem Schüreisen, und ehe es sich der Nikolaus versah, hatte ihm Oma Adele ihrerseits eins auf den Hintern verpasst. Der erstaunte Nikolaus ließ von mir ab und, im Glauben, dass meine Oma nur Spaß mache, drosch er nun kräftig auf Omas Hinterteil ein. Aus meinen Tränen wurde schnell ein helles Lachen, als ich zusah, wie Oma Adele

und der Nikolaus sich im Kreise drehend
gegenseitig den Hintern versohlten.

Im Eifer des Gefechts hatte sich der Bart
des heiligen Nikolaus gelöst und
darunter erschien mit hochroten Wangen
meine Tante Helene, die jüngere
Schwester meiner Mutter. Meine Angst
war zwar für diesen Abend wie

weggeblasen, aber meiner Tante ging ich doch einige Wochen lang ein wenig aus dem Weg.

Die beiden Historythriller

des Autors

„StiNa" und „Phönix"

können als signierte

Exemplare unter der E-Mail

Adresse

rerueho@t-online.de

direkt beim Autor bestellt

werden.

PRESSESTIMMEN ZU „STINA"

„Der Roman ist äußerst spannend und packend, weil der interessante Inhalt den Leser aufwühlt, ja ihn zum Nachdenken über das Geschehene zwingt."
ISRAEL NACHRICHTEN, TEL AVIV

„Das Erschreckende ist das Authentische. Der Roman gewinnt seine Weite, weil er nicht mit dem Jahre 1945 halt macht."
MAIN ECHO, ASCHAFFENBURG

„Der Autor zeigt eindrucksvoll die Zeit des Nationalsozialismus und das Grauen der Konzentrationslager auf. Er hat den Mut, dem Leser klar zu machen, dass mit Kriegsende die Tätigkeit der SS keineswegs beendet worden ist."
CHRIST UND BILDUNG, NÖRDLINGEN

„Was dieses Buch so bemerkenswert macht, ist die Tatsache, dass es zum größten Teil auf wahren Begebenheiten beruht."
BAYERISCHER RUNDFUNK

„Dem Autor gelingt, was in diesem Gewerbe nicht immer gelingen will: Zu unterhalten, ohne trivial zu werden, zu informieren, ohne sich in Fakten zu ergehen, Position zu beziehen, ohne in dogmatisches Gewäsch zu verfallen."
LITERATURMAGAZIN HINTER-NET

80